OBSERVATIONS

Sur le Discours prononcé dans la séance solennelle de rentrée de la Cour royale, par M. le Premier Président Baron Séguier, ancien capitaine de dragons.

Oh! le bon temps que ce siècle de fer!
Voltaire. *Le Mondain.*

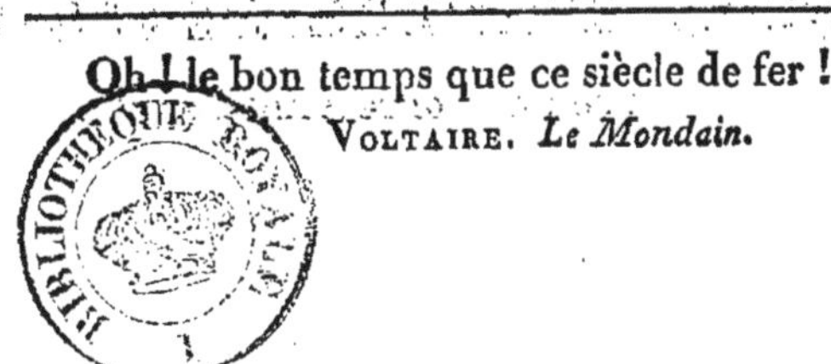

A PARIS,

Chez { L'HUILLIER, Libraire, rue Serpente, n° 16.
DELAUNAY, Libraire, au Palais-Royal.

1816.

DE L'IMPRIMERIE DE FEUGUERAY,
rue du Cloître Saint-Benoît, n° 4.

PRÉFACE.

Ces rapides observations nous ont été inspirées par l'indignation naturelle à un Français qui voit rabaisser injustement sa patrie par des critiques passionnées. Quoique la précipitation avec laquelle un ouvrage est écrit ne soit presque jamais une excuse valable, cependant il semble que dans cette occasion elle est une qualité de plus dans le Français qui cherche à venger l'honneur national, et que nous avons quelque droit de réclamer l'indulgence du Lecteur. C'est ici ou jamais que l'intention est une excuse en faveur de l'écrivain.

OBSERVATIONS

Sur le Discours prononcé dans la séance solennelle de rentrée de la Cour royale.

Un homme qui a perdu l'estime de lui-même n'est plus capable de liberté, d'honneur, de sentimens nobles ; sa raison est obscurcie ; son cœur n'a ni passions ni sensibilité ; étranger parmi les concitoyens que la nature lui donna, avec lesquels la loi l'avait destiné à vivre, il est inaccessible à cette voix secrète qui inspire à l'homme une généreuse abnégation de lui-même ; il repousse et finit par étouffer le remords. Lisez l'histoire de tous les scélérats : une fois qu'un premier forfait leur a fait perdre leur propre estime, le déshonneur n'a plus de pouvoir sur leur âme ; ils ne voient dans les peines infamantes qu'une douleur corporelle, et dans la mort que la porte du néant.

Si l'on généralise cette idée, elle ne perdra rien de sa justesse. Elle sera encore vraie si on l'applique aux corps politiques. Une nation qu'une corruption profonde a réduite à un état d'insouciance morale, qui ne se compte plus pour rien, court à une perte assurée et prochaine ; elle tend elle-même les bras au despotisme, qui s'en empare ; après quelque temps, les élémens corrupteurs répandus dans son sein fermentent, et amènent une ruine qui la trouve insensible.

Mais le mal n'est jamais désespéré tant que, dans son humiliation, il reste à un peuple quelque conscience de sa valeur politique : le secret de le relever n'est donc pas de lui rappeler ses chutes, d'exagérer sa démoralisation, encore moins de le calomnier. Entretenez en lui le sentiment de sa propre estime, et vous pourrez prédire qu'il réparera avec honneur les revers momentanés dont il a été la proie.

Il suit de ces considérations que lors même que la France n'aurait plus ni courage, ni vertu, ni mœurs, lui mettre sans cesse devant les yeux l'affreux tableau de sa corruption ne serait ni un remède sûr, ni une action noble et patriotique. Mais si son état moral est loin de cette dégradation ; si, dans son malheur, elle a conservé encore quelques vertus particulières, comment devrait-on qualifier les efforts d'un citoyen pour lui assigner un caractère qu'elle n'a pas, et quel nom devrait-on donner à des Philippiques faites à la face de l'Europe, dans lesquelles les plus hideuses couleurs auraient été choisies pour la dépeindre ? De maladroites et d'inutiles que ces Philippiques seraient si elles accusaient la vérité, n'est-il pas trop clair qu'elles méritent de bien plus graves reproches quand elles sont mensongères ?

La nation française, inculpée en masse par M. le Premier Président à la Cour royale, n'est point heureusement réduite à un état où de tels discours pourraient produire de fâcheux effets ; ils ont trop peu de vérité pour qu'elle ait à craindre de déchoir dans sa propre opinion. Mais, environnée de nations dont les représentans en armes occupent encore nos frontières, elle a lieu de redouter que celles-ci ne se forment de ses mœurs une opinion peu favorable. Une satire éclatante émanée d'un personnage dont le caractère est grave, dont les mœurs doivent être austères, peut faire naître des jugemens revêtus d'une apparence de raison. Si la vérité, dans la bouche d'un homme recommandable par des distinctions honorifiques, acquiert une autorité puissante, l'erreur ne s'accrédite pas moins quand elle sort d'une source respectable. Ce n'est donc point pour rassurer les Français que nous écrivons, la tâche serait inutile; c'est pour détromper les étrangers, s'il était possible qu'ils prissent de nous des idées peu honorables.

Nous devons premièrement faire une déclaration franche de l'intention qui nous dirige. Comme tous les Français, nous rendons hommage aux lumières du magistrat que nous réfutons, dans les fonctions importantes dont la confiance publique l'a investi. Mais ce même respect nous commande d'être Français avant tout. La nation entière est attaquée : ne se trouvera-t-il personne pour la défendre, et la venger d'inculpations accablantes si elles n'étaient pas injustes? Sans être guidés par le vain plaisir de critiquer, nous ne cédons qu'à un devoir sacré, persuadés que si nos argumens servent à convaincre que le zèle de M. le Premier Président l'a conduit trop loin, nous aurons bien mérité de nos concitoyens.

Nous examinerons succinctement toutes les parties du discours de M. Séguier ; nous essaierons de prouver qu'il s'est trompé en généralisant des vices dont on trouve des exemples particuliers chez toutes les nations, et que ses reproches sont ou vagues ou sans justice.

(1) « *L'homme vivant en société*, dit le magistrat, *est un être placé dans un tourbillon dont il suit la rapidité; juste et modéré par caprice, rendant hommage à la vertu, et cependant sacrifiant au vice, l'indépendance et la soumission pèsent également sur son âme.* »

---

(1) M. le président de la Cour royale portait l'habit de pair quand il prononça son discours. Un membre de la Chambre haute a droit de porter l'uniforme distinctif de la pairie; mais nous ignorons s'il est bien convenable qu'un magistrat préside une des premières cours de France revêtu d'un autre vêtement que ses collègues. On craint que cette espèce de préférence publique donnée mal-à-propos à une dignité sur une autre, n'ait quelque chose de peu respectueux pour une honorable corporation.

Sans doute la pairie est une des premières institutions d'un Etat ; mais s'il était nécessaire d'énoncer

Ces antithèses sont brillantes ; mais elles n'expriment que ce que l'on a dit cent fois sur l'inconstance de l'homme ; sur les contrariétés étonnantes qu'offre son caractère, sujet qui, depuis Ménandre jusqu'à Molière, depuis Platon jusqu'à M. le Premier Président, a servi de texte à des poëmes comiques, tragiques et moraux, à des traités savans, à des discours d'ouverture et de clôture, et, en général, à tous les ouvrages de l'esprit : *loci communes*. Il semble seulement que l'indépendance *bien entendue* ne devrait pas

---

les titres de l'ordre judiciaire, on rappellerait que les rois de France se sont toujours honorés de tenir leur lit de justice dans le sein du parlement.

Nos princes ont toujours donné l'exemple de la déférence qui est due aux corporations publiques ; LL. AA. le comte d'Artois, les ducs d'Angoulême et de Berri ; le Roi lui-même, n'ont jamais manqué de prendre l'uniforme d'un corps militaire quand ce corps paraissait devant eux. A la Cour, les princes portent l'habit de cour ; à la Chambre des pairs, ils prennent l'habit de pair ; devant la garde nationale, ils sont revêtus de l'habit de garde national : comment M. le Premier Président n'a-t-il pas suivi ces illustres exemples ?

être dépeinte comme pesant sur l'âme des hommes.

« Liberté ! ô doux nom de liberté ! disait un des prédécesseurs de M. Séguier à une cérémonie pareille, liberté, vérité, justice, sources uniques de ce peu de bonheur dont l'homme est susceptible, je vous consacre à jamais, dans ce temple, ce peu de jours qui m'ont été comptés, et cette bouche peu éloquente, il est vrai, mais pure et sincère. (1) ».

« *Nous sommes des frères rivaux*, *disait l'immortel d'Aguesseau ; nous pourrions dire aujourd'hui que nous sommes des frères ennemis.* »

Autre antithèse. Cette forme de procéder sourit à l'écrivain ; mais on ne peut se dissimuler qu'elle ne soit un faux brillant sous lequel on cache les assertions les plus sophistiques. On ne voit pas pourquoi les Français seraient plus ennemis l'un de l'autre qu'autrefois. Des divisions intestines les ont troublés momentanément ; mais autrefois, dans ce *bon vieux temps* si prôné, les guerres

(1) Discours de M. Dupaty, avocat général, à la rentrée du parlement, en 1775.

civiles étaient-elles moins communes ? Les Français étaient-ils des frères *amis* lorsque la faction des Armagnacs et celle des Bourguignons couvraient les provinces et la capitale de sang et de rapines ; lorsque cette dernière appelait l'ennemi dans le cœur de la France ; quand une reine elle-même donnait la couronne à un roi d'Angleterre ? Etaient-ils *amis* sous Henri II, Charles IX, Henri III ; lorsque la religion devenait le prétexte de meurtres sans nombre, d'exécutions aussi absurdes que barbares ; lorsque le président du parlement, Christophe de Thou, faisait l'apologie de la Saint-Barthélemi, sans parler des guerres de Louis XIII contre les Protestans, de la Fronde sous Louis XIV, etc. ?

Un écrivain du temps de Charles IX, dont nous avons l'ouvrage sous les yeux, peint ainsi dans son début les excès de son temps (1) :

« Je décrirai la plus étrange et misérable guerre qu'il ayt jamais veu, les plus et moins chrétiens desseins, les plus courtois et cruels

(1) La vraie et entière histoire des troubles et choses mémorables avenues tant en France qu'en Frandres et pays circonvoisins, depuis l'an 1562. *A la Rochelle*, chez Pierre d'Avantes, 1573.

actes dont il ayt jamais ouï parler : la parole bien et mal tenue ; l'asseurance et la foi même rompues pour peu de choses ; les bons et méchans complots des patriotes, des voisins, des amis, des parens contre leurs semblables, de frère à frère, de père contre le fils, et au rebours. »

Tel est le spectacle qu'offrent toutes les guerres civiles : un mélange de vertus et de crimes ; mais quand elles se calment, l'impartialité compte les temps pour quelque chose ; elle sait que la part du mal doit plutôt être attribuée aux circonstances qu'aux hommes, et que le meilleur moyen de rapprocher les frères *ennemis* est de mettre du baume sur leurs blessures, au lieu de les déchirer par des récriminations réciproques.

« *Ce n'est pas dans un esprit de justice que les hommes font les transactions.* »

Pas toujours malheureusement ; mais ce reproche n'appartient pas plus au dix-neuvième qu'au quinzième siècle, à Paris qu'à Londres, à l'Europe qu'à l'Asie.

« *Les nations des alliances.* »

Nous n'avons rien à dire sur cette phrase.

« *Dans les rapports particuliers comme*

dans les rapports publics, tout est sacrifié à l'intérêt personnel. »

Ce reproche n'est pas nouveau. On sait que toutes les guerres civiles, et particulièrement celles de France, ont été faites et entretenues par des hommes qui couvraient leurs criminelles trames du voile de la religion ou de celui du bien public. On sait aussi qu'un grand nombre d'hommes publics, civils et militaires, d'orateurs, de *magistrats* même, n'ont été mus dans leur conduite que par l'intérêt de leur fortune, ou celui de leur amour-propre. Ce défaut appartient à l'humanité, et tous les sermons n'y peuvent remédier.

« *C'est un triste spectacle qu'une nation qui n'a pas la force de se relever.* »

C'est un bien plus triste spectacle que celui d'un magistrat, d'un Français qui cherche à répandre le découragement parmi une nation qui supporte ses maux avec dignité. Un homme était dans toute la force de la santé, de la jeunesse; il rencontre un empirique qui s'efforce de lui persuader qu'il est malade, très-malade. L'autre, étonné, se refuse d'abord à le croire; cependant, après avoir réfléchi, il se trouve en effet mal à son aise; il court se mettre au lit ; son imagination s'échauffe ; une fièvre ardente s'en empare ; après trois jours, il meurt. Cet homme vivrait encore sans son imprudent médecin.

« *Elle lutte quelque temps contre sa propre faiblesse, et ses efforts achèvent de l'abattre.* »

Si, au lieu de lui rappeler sans cesse qu'elle est faible, qu'elle ne peut résister aux forces qui la subjuguent, on cherchait à lui donner du courage, il en résulterait une puissance morale dont les effets ne se peuvent calculer.

« *Quand il n'y a plus de subordination dans les esprits, d'unité dans les volontés, la chute des Etats est prochaine.* »

La subordination dans les esprits ne peut aujourd'hui naître que des lumières : elles enseignent au peuple qu'il doit exister entre les hommes une disproportion nécessaire, en raison de leurs talens, de leurs vertus, de leur utilité pour le bien général. Mais tant que l'on s'obstinera à vouloir que le peuple se courbe aveuglément et sans raisonner devant des idoles humaines, on n'atteindra point le but desiré, l'unité dans les volontés. Que ce soit la loi qui fixe les gradations des rangs et du pouvoir ; que les hommes voient clairement que ces degrés sont nécessaires à leur bonheur, et la chute des Etats sera indéfiniment reculée.

« *L'envie fait la vocation.* »

L'envie est de tout temps; elle s'attache aussi bien aux gouvernemens monarchiques qu'aux républiques constitutionnelles ; mais on ne voit pas que ce siècle en soit plus infecté qu'aucun autre. L'envie a quelquefois produit la délation ; mais l'observateur le moins éclairé a pu découvrir combien l'opinion publique s'élevait contre cette vile passion et les crimes qu'elle inspire. Echo de l'opinion générale, un Gouvernement sage a ordonné des peines contre les délateurs, et l'envie est rentrée avec eux dans la fange originelle.

« *Le pauvre demande des richesses.* »

Le pauvre demande du pain : serait-ce un crime dans l'opinion de M. le Premier Président ?

« *Le riche brigue des emplois ; l'homme en place aspire à la grandeur ; le grand à l'autorité.* »

Ceci est un défaut commun à la nature humaine : elle cherche toujours à s'élever. Sous l'ancien régime, le serf aspirait à la liberté ; le fermier desirait être propriétaire ; le bourgeois voulait être noble ; le noble cherchait à atteindre à la pairie ; le pair enviait l'autorité ministérielle ; le ministre voulait peut-être être roi : cependant on avait de bonnes mœurs et l'on vivait très heureux, selon l'orateur que nous combattons. Cette émulation, bien dirigée, peut être fertile en utiles résultats. Les mêmes causes produiraient-elles des effets différens dans notre siècle ?

« *Le ministre, qui dispose de la volonté souveraine, exige que tout lui cède.* »

Autrefois cette prétention était toute naturelle. Il est inutile de citer Richelieu, Mazarin, Colbert, Louvois, etc. ; mais aujourd'hui, quoi que prétende M. le Premier Président, les pouvoirs ministériels sont restreints par la Charte : la nouvelle Chambre des députés réglera la responsabilité des ministres. Cette loi, il est vrai, n'est pas aussi pressée que semblerait l'annoncer l'auteur du discours. Si nous en jugeons par l'opinion publique, la crainte que les ministres n'outrepassent leur pouvoir et ne le fasse peser sur le peuple ne peut être raisonnablement conçue que pour l'avenir.

« *Tel est le spectacle qu'offrit la décadence*

de l'empire romain : nous étions menacés de la même anarchie ; les mœurs étaient foulées aux pieds. »

Si l'empire romain n'eût offert que le spectacle des prétentions exagérées, du défaut d'unité dans les volontés, il est permis de croire que sa décadence eût été moins sensible ; mais cette décadence tient à des causes d'une autre importance. Tout le monde connaît les *considérations* de Montesquieu ; elles renferment d'autres vues que celles de M. le Premier Président.

Mais concevra-t-on la comparaison que l'on semble établir entre les mœurs des Romains sous les empereurs, et la morale publique de nos jours ? Qui n'a pas reculé de dégoût en lisant les affreux récits de Tacite, de Suétone, et les vers énergiques de Juvénal (1), les saturnales peintes par Pétrone ? M. Séguier lui-même, dans son discours si peu convenable,

(1) Si le lecteur est jaloux de s'en former une idée, il peut lire Tacite, *Annales*, liv. 15 ; Suétone, *Vie de Tibère*, parag. 43, 44, 45 ; *de Néron*, parag. 29 ; *de Caligula*, parag. 36 ; la *Satire VI de Juvénal*, l'*Histoire de Giton* dans la satire de Pétrone, etc.

approche-t-il des peintures repoussantes dont ces écrivains abondent ? Le noble pair a parlé de débauches coupables, d'adultères, d'introduction criminelle d'enfans dans le mariage ; toutes inculpations que nous réduirons à leur juste valeur ; mais son austère indignation lui a-t-elle suggéré des portraits tels que ceux dont les écrivains de Rome fourmillent ? A-t-il seulement songé à ces débauches exécrables qui outragent la nature, à ces raffinemens sacriléges dont les empereurs romains ont donné tant d'exemples, et dont la délicatesse de nos mœurs qu'il attaque nous défend de donner même une idée ? A-t-il reproché à notre siècle des bacchanales telles que l'épouse de Claude en remplit les carrefours de Rome, telles que les premiers temps de notre histoire en offrent aux lecteurs ? Qu'a-t-on vu dans notre siècle qui approche des plaisirs coupables presque approuvés pendant les règnes de Henri II, Henri III, et tant d'autres ; des désordres de la régence, et même des temps qui ont précédé la révolution ?

« *Personne ne l'ignore, le scandale est à son comble ; les vices vont le front levé, et se donnent la main afin de s'attacher mutuelle-*

ment.... Le sexe même a le courage de supporter la honte, ou plutôt il ne sait plus rougir; et la vertu, pour n'être point tournée en ridicule, doit revêtir les couleurs de la mode. »

Il a paru l'année dernière, sur les mœurs anglaises, un ouvrage (1) qui a produit un effet très-remarquable. L'auteur, aujourd'hui mort, était un brave militaire sillonné de cicatrices, et blanchi dans le pénible métier des armes. Fait prisonnier par les troupes anglaises, il avait long-temps demeuré parmi cette nation alors ennemie de la France; il avait même été renfermé quelque temps dans ces prisons maritimes où tant de Français ont trouvé, après de longues angoisses, la mort la plus douloureuse. Il est facile de croire que l'écrivain, aigri par les rigueurs d'une longue captivité, dut apporter dans son travail cet esprit dénigrant que sa situation et son amour de la patrie excusaient, s'ils ne le justifiaient pas. Tirant des conséquences trop générales de quelques faits détachés, il peignit les mœurs de l'Angleterre sous les couleurs les plus

(1) *L'Angleterre vue à Londres*, par M. le maréchal-de-camp Pillet.

odieuses ; les femmes surtout devinrent l'objet de son inexorable censure ; et son livre, au milieu de grandes vérités politiques, d'observations justes et profondes, offre un mélange d'assertions fausses ou trop rigoureuses, de généralités injustes, et de critiques dans lesquelles on reconnaît trop clairement l'esprit de parti.

Cet ouvrage causa dans toute l'Europe un scandale étonnant : les uns l'accueillirent avec joie, d'autres se déchaînèrent contre lui ; mais tout le monde voulut le lire. Les Anglais, indignés des accusations dirigées contre leurs mœurs, invoquèrent le droit des gens ; on vit leurs journaux annoncer que les dames anglaises devaient se réunir en club pour discuter la justice des censures dont leur conduite avait été l'objet. Enfin tout le monde convint qu'il n'était jamais équitable de comprendre un peuple tout entier dans un arrêt de réprobation.

L'auteur de l'*Angleterre vue à Londres* était du moins guidé dans sa critique par un motif respectable : il était Francais ; il parlait d'une nation qu'il regardait toujours comme son ennemie. Mais quelle excuse doit avoir un citoyen qui écrit et prononce, contre ses propres compatriotes, contre un sexe aimable et souvent plus courageux que le nôtre, des invectives dont le moindre défaut est d'être calomnieuses ? A qui fera-t-il croire que nos mères, nos sœurs, nos filles ne savent plus rougir ? Outre l'inconvenance de l'attaque, n'y a-t-il pas quelque chose d'odieux à prodiguer des injures aux femmes de notre temps, quand il est si évident que les mœurs particulières se sont épurées depuis notre révolution ?

Avant la révolution française, les mœurs étaient plus généralement mauvaises qu'aujourd'hui. Les saturnales du Régent, et la morale peu sévère de la cour de Louis XV, avaient multiplié les germes de corruption. Une des suites les plus funestes de ce relâchement fut la dégradation successive de l'opinion publique. On en vint au point que non-seulement le vice était en faveur, mais que l'on en faisait trophée. On recevait dans les cercles les plus brillans de Paris des hommes qui s'étaient fait, par mille traits peu honorables, une réputation de scandale et d'immoralité. Hamilton, dans les Mémoires du chevalier de Grammont, nous donne le type du caractère des hommes alors à la mode. La débauche la plus vile, l'adultère étaient tournés en plaisanterie, et l'escroquerie même avait ses apologistes. Les romans de Crébillon offrent aussi une peinture fidèle des mœurs de cette époque.

Des maisons où régnait plus que de la galanterie étaient ouvertes à la meilleure société de Paris; les tripots manquaient de surveillance, et le degré d'habileté, c'est-à-dire, de friponnerie des joueurs, était la seule chance qu'on eût à courir (1).

Dans la peinture qu'il fait des femmes, J-J. Rousseau avance (2) qu'elles se livraient à la débauche sans réflexion. Quoiqu'on doive faire la part de la mauvaise humeur du moraliste, on ne peut s'empêcher de reconnaître qu'un relâchement général s'était glissé dans toutes les classes, et l'observateur exempt

---

(1) Aujourd'hui, si l'institution des jeux est maintenue, du moins l'exacte et scrupuleuse justice est observée, et les malheureux qu'un fatal penchant y conduit n'ont à combattre que les chances de la fortune.

(2) *Nouvelle Héloïse*, lettre XXI, 2e part.

de passion doit avouer que c'est une des causes de la révolution française.

Mais depuis cette révolution si féconde en talens et en erreurs, en vertus et en crimes, une autre révolution morale s'est opérée dans le caractère de la nation. La prospérité est souvent cause de la désunion des familles dont le malheur resserre les liens. Réduit à une position précaire par le malheur des temps, l'homme se retira dans sa famille. Quand le feu des guerres civiles divisait tous les citoyens, éloignait les amis, on chercha le repos dans le sein de la vie domestique. Si les dissentions civiles offrent quelques exemples de la désunion des époux, si elles brisent quelquefois les liens de famille, combien souvent elles les resserrent! Quelle admirable énergie elles communiquent à ceux qu'elles n'ont pas divisés! L'héroïsme de l'amitié, de la foi conjugale, de l'amour filial et paternel brilla-t-il jamais d'un plus vif éclat que dans nos discordes civiles? Pour une femme coupable, combien compte-t-on de Roland et de Sombreuil? Si la révolution française, dans ses plus affreuses périodes, donna quelquefois l'épouvantable exemple d'un fils trahissant son père, d'une sœur livrant son frère à la mort, combien n'a-t-elle pas ajouté de pages à l'histoire des femmes illustres et généreuses !

Ce besoin de recourir aux consolations domestiques a fait que l'on a plus vécu en famille, et que, par conséquent, les désordres ont été moins fréquens ; d'ailleurs, les idées de liberté portent avec elles quelque chose d'austère. On ne peut nier que la plus grande partie des Français n'ait été séduite par de nobles espérances ; les mœurs générales sont devenues plus pures, et le caractère national, retrempé par elles, a perdu cette légèreté et cette étourderie que l'on veut bien nous vanter, mais qui, dans le fait, ne sont que des moyens d'esclavage.

Déjà, dès le siècle précédent, l'énergique auteur d'Emile avait commandé aux mères de remplir un devoir sacré : ses ordres éloquens étaient parvenus à accomplir ce que n'avaient pu faire les conseils des écrivains qui l'avaient précédé (1). Cette amélioration,

---

(1) Nous avions conseillé aux mères d'allaiter leurs enfans, dit Buffon, mais M. Rousseau leur a ordonné.

jointe au soin qu'on eut de ne plus emprisonner les enfans dans leur maillot, fit époque dans l'histoire de nos mœurs. La race des hommes crût en force et en beauté, et les idées généreuses restées de la révolution ont concouru à augmenter encore cette vigueur corporelle réunie à celle de l'âme. Cette nouvelle cause a de plus contribué à rendre à la vertu les femmes qui s'en étaient écartées. En effet, ces soins de la piété maternelle épurent les cœurs; ils rappellent aux mères leur devoir; ils leur commandent de conserver un honneur qui ne leur appartient pas à elles toutes seules;

> Le crime d'une mère est un pesant fardeau.
>
> RACINE.

On reconnaît par ces observations, dont personne ne peut révoquer la justesse en doute, que, depuis le nouvel ère politique, la morale publique, en France, a fait des progrès sensibles. C'est donc une iniquité évidente d'oser proférer ce blasphême : *les femmes françaises ne savent plus rougir!* Eh! qui croirait jamais que six millions des femmes les plus aimables, les plus spirituelles de l'univers, aient abandonné la vertu, qui fait leur premier charme, le moyen le plus sûr d'une innocente séduction? Non, cette affreuse corruption ne règne pas en France : non; et s'il fallait en donner une preuve après tant d'autres, tant que le plus puissant moyen pour les femmes d'enchaîner les hommes sera de ne pas s'écarter des bornes de la pudeur, les Françaises, même par coquetterie, conserveront cette vertu, cette réserve, auxquelles leur règne ne pourrait survivre.

Continuons l'examen du discours de M. le Premier Président.

« *Autrefois*, ajoute ce magistrat, *un ou deux théâtres dans Paris seulement excitaient les réclamations des moralistes. Aujourd'hui, les tombereaux de Thespis roulent dans les provinces, et l'on voit s'élever, dans chaque quartier de la capitale, de ces salles qui sont devenues des lieux de rendez-vous, et où l'on joue des drames pour exciter le désordre des sens.* »

Bossuet et J.-J. Rousseau sont les deux écrivains français qui se sont le plus déchaînés contre les représentations théâtrales : l'un, guidé par son zèle évangélique, s'est efforcé, l'Ecriture à la main, de prouver que l'établissement des spectacles était contraire à la morale chrétienne. Je ne sais pas jusqu'à quel point il raisonne juste quand il prétend que les pièces des anciens, sur lesquelles la plupart de nos ouvrages dramatiques sont fondés, ne peuvent qu'allumer les passions, et sont d'autant plus dangereuses que le talent de l'écrivain est plus parfait : il semble que cette doctrine priverait les nations, chrétiennes du moins, de la gloire littéraire, gloire à laquelle s'attache une partie de leur existence politique. Il est permis de croire que, s'il suffit d'être bon chrétien pour sauver son âme, la qualité de bon citoyen, qualité indispensable pour que les sociétés subsistent, exige encore d'autres conditions. La gloire nationale est la vie des corps politiques, et sans gloire littéraire, point de gloire nationale pour les peuples.

Nicole, dans ses *Visionnaires*, soutient aussi qu'il faut bannir d'une nation religieuse les poètes, qu'il appelle des empoisonneurs publics. Racine, jeune encore lorsque le docteur de Port-Royal émit cette opinion si tranchante, lui fit une réponse que tout le monde connaît, et qui semble remplie d'esprit et de raison. Nous en citerons ce passage (1) :

« Mais, direz-vous (il s'adresse à M. Nicole),.. ce que les païens ont honoré est devenu horrible parmi les chrétiens. Je ne suis pas un théologien comme vous ; je prendrai pourtant la liberté de vous dire que l'Eglise ne nous défend point de lire les poètes ; qu'elle ne nous commande point de les avoir en horreur : c'est en partie dans leur lecture que les anciens pères se sont formés. Saint-Grégoire de Nazianze n'a pas fait difficulté de mettre la passion de Notre-Seigneur en tragédie. Saint-Augustin cite Virgile aussi souvent que vous citez Saint-Augustin.

» Je sais bien qu'il s'accuse de s'être laissé attendrir à la comédie, et d'avoir pleuré en lisant Virgile. Qu'est-ce que vous conclurez de là ? Direz-vous qu'il ne faut plus lire Virgile et ne plus aller à la comédie ? Mais Saint-Augustin s'accuse aussi d'avoir pris trop de plaisir aux chants de l'Eglise : est-ce à dire qu'il ne faut plus aller à l'Eglise ?..... »

» Retranchez-vous donc sur le sérieux ;

---

(1) Racine, *OEuvres diverses.*

remplissez vos lettres de longues et doctes périodes ; citez les Pères ; jetez-vous souvent sur les injures, et presque toujours sur les antithèses. Vous êtes appelé à ce style. Il faut que chacun suive sa vocation (1). »

J.-J. Rousseau, de son côté, considérant les représentations théâtrales en moraliste, n'a point décidé qu'il fallût fermer les théâtres ; mais qu'il n'en fallait point établir dans les nations qui ne les connaissaient pas encore. Sa lettre à d'Alembert, que tout le monde connaît, porte sur des dangers qu'il s'exagère à lui-même, quoiqu'il les ait vus dans la bonne foi de son cœur.

Voltaire, d'Alembert et beaucoup d'autres écrivains, ont défendu ces mêmes spectacles peut-être inconsidérément attaqués par le philosophe de Genève. Au reste, leur opinion

---

(1) Nous ne craignons pas de citer ces plaisanteries de Racine contre un janséniste ; elles n'attaquent pas la religion : d'ailleurs, nous avons pour justification le discours de M. le procureur-général *Bellart*, lequel a dit que « Racine et Corneille n'avaient pas seulement servi les lettres, mais que leur vertu avait servi la France au lieu de l'agiter. » (*Moniteur* du 7 novembre 1816.)

n'était que celle de Racine; elle était confirmée par l'exemple des prêtres catholiques eux-mêmes. Le cardinal de Richelieu composait des pièces dramatiques; l'abbé d'Aubignac, l'abbé Pellegrin et beaucoup d'autres fréquentaient les théâtres aussi-bien que l'église. L'établissement des spectacles a été loué par les uns et blamé par d'autres.

Je ne décide point entre Genève et Rome.

Henriade.

S'il est permis cependant de dire un seul mot sur la censure que M. le Premier Président fait des drames qui, selon lui, allument le désordre des sens, nous observerons que dans tous les pays où une grande réunion d'hommes est resserrée sur un espace borné de territoire, il est facile de trouver des objets qui allument les sens; et que lors même que Paris n'aurait pas un seul spectacle, des sérails que la politique des rois de France (1) a tou-

---

(1) Charlemagne essaya vainement de bannir les filles publiques. (*Voyez* les Capitulaires). Depuis ce prince, elles furent formées en corps; elles payèrent des taxes, eurent leurs juges et leurs statuts; on leur assigna principalement certaines rues. En 1560, l'or-

jours tolérés, et qu'un membre de la Chambre des députés a proclamés publiquement comme nécessaires, seraient là pour hâter la chute de ceux qui aiment à tomber (1). Quand on rencontre à chaque pas de quoi allumer les sens, on ne va point au théâtre, où la décence est du moins observée, et où l'on peut même dire que les passions prennent un cours moins dangereux, puisqu'elles sont affaiblies par les convenances publiques. Rousseau voulant rendre cette même idée, s'est exprimé en termes bien plus énergiques dans sa lettre à Christophe de Beaumont : « Que ne puis-je, disait-il, aux horreurs de la débauche substituer le charme de la volupté !... » Nous renvoyons ceux de nos lecteurs qui sont curieux de connaître la fin de la citation, à l'ouvrage même.

Le théâtre s'est épuré de nos jours ; le peuple, essentiellement ennemi des attentats à la morale publique, ne manque jamais de

---

donnance des Etats d'Orléans abolit les lieux de prostitution publique ; on toléra cependant les courtisanes, mais elles se répandirent indistinctement dans tous les quartiers de la capitale. (*Voyez* Saint-Foix.)

(1) *Moniteur* du 1er avril 1816, *Opinion de M. de la Bourdonnaye.*

manifester son mécontentement lorsque les pièces qui lui sont offertes blessent la pudeur. Cette qualité morale de la classe populaire est le frein le plus puissant pour les écrivains dramatiques; et ceux-ci sont contraints, pour satisfaire leur auditoire, d'envelopper leurs plaisanteries sous le voile du badinage.

Sans justifier la grande multiplicité des théâtres sous les rapports du goût littéraire, il semble que l'amélioration de nos mœurs depuis la révolution étant bien prouvée, où il n'y a plus d'effet la cause ne doit pas exister, et que par conséquent les spectacles n'ont point corrompu les mœurs. Sous les rapports financiers et politiques, il est prouvé que cette branche d'industrie est aussi fructueuse pour le Gouvernement que pour les particuliers.

Nous ne disons rien de l'objection qu'on pourrait nous faire en avançant que lors même que les spectacles n'auraient d'autre inconvénient que d'ouvrir une porte à la mauvaise conduite, et de séduire, par l'appât de l'argent, ceux qui se jettent dans cet état, il faudrait les proscrire. Il est trop évident que le plus grand nombre, pour ne pas dire, toutes les femmes qui embrassent la carrière théâtrale, font souvent un échange avantageux. Quant au petit nombre de celles qui apportent sur le théâtre leur vertu encore intacte, il n'est pas sans exemple qu'elles l'aient conservée : elles n'en ont que plus de mérite.

« *Autrefois la grande distance entre les rangs était comme un cordon préservatif de la peste; mais aujourd'hui l'égalité politique a exposé toutes les classes aux mêmes ravages; le* typhus *moral est d'autant plus dangereux, qu'il est dans les rangs les plus épais de la nation.* »

Sans s'en apercevoir, M. le Premier Président nous fait ici une étrange concession. La distance entre les rangs était, dit-il, comme un cordon préservatif de la peste. Il y avait donc une classe de Français pestiférés? or, ce n'étaient pas les classes inférieures, puisque l'égalité politique a eu l'effet de faire descendre le typhus moral dans les rangs les plus épais de la nation. Inexplicable aveu d'un magistrat qui, semblable au vieillard d'Horace, se fait *laudator temporis acti.*

Après cette concession, dont nous pourrions faire usage, quelle idée a fait choisir cette expression désolante, *le typhus moral?* Quel est ce rapprochement entre la situation des mœurs en France et une horrible maladie dont les ravages ne peuvent se calculer ni s'arrêter? Il y a dans ce passage plus d'un genre d'inconvenance.

En général, la modération du style prévient en faveur des opinions d'un écrivain; en jugeant par les contraires, l'abus des expressions outrées, des inculpations odieuses, ne prouve que faiblesse. Il arrive souvent qu'un écrivain qui ne se sent pas assez fort de vérité pour convaincre ses lecteurs, cherche à les épouvanter par des mots d'un demi-pied. Ce *typhus moral*, ces *ravages de l'égalité politique* arrêtés, dans l'ancien régime, par *un cordon préservatif*, ces phrases ambitieuses, que prouvent-elles? les efforts d'un auteur qui, voulant, à quelque prix que ce soit, vanter le passé aux dépens du présent, compose un assemblage de mots vides de sens et d'expressions incohérentes.

Qui pourra croire d'ailleurs que l'égalité politique proclamée aujourd'hui par la Charte soit un principe destructeur de la morale? Parce que tous les citoyens sont égaux devant la loi, parce que le talent seul est privilégié dans un Etat, doit-on en conclure que la corruption s'y communique plus facilement? Il n'y a point de cordon préservatif des contagions morales. L'égalité ne régnait pas à Rome sous les empereurs, et cependant la corruption était plus répandue qu'elle ne l'a jamais été en Europe et surtout en France. L'égalité devant la loi est un principe libéral et fécond en résultats utiles; c'est un droit commun à toutes les nations libres: ce dogme consolant fait la différence essentielle qui règne entre les empires despotiques et les monarchies constitutionnelles. Hors de l'égalité politique il ne peut y avoir qu'humiliation, qu'esclavage; avec elle la vertu recouvre son lustre, le mérite son prix, les citoyens leur esprit national, les Etats leur force et leur splendeur.

La Charte constitutionnelle a consacré le principe de l'égalité devant la loi; elle a porté le coup de mort aux priviléges: or, présenter cette doctrine comme subversive de toute morale, c'est révoquer en doute la sagesse du Roi en attaquant son ouvrage; c'est violer l'article II de l'ordonnance du 5 novembre, qui défend de réviser la Charte, et par conséquent de condamner ses dispositions. Un magistrat placé dans un rang élevé a-t-il le droit d'accuser des lois que son devoir est de faire observer ?

» *Les lois sont venues au secours des mauvaises mœurs. Sous prétexte de ne pas heurter l'opinion, le législateur a mis le poison presque dans le remède.* »

Si le magistrat que nous réfutons a prétendu parler des lois de 93, il s'est attaché à combattre un fantôme, puisque ces lois n'existent plus ; s'il a voulu blâmer les lois promulguées pendant le gouvernement impérial, il vient bien tard, puisque le rang qu'il occupait sous ce gouvernement lui permettait alors d'élever la voix, et de donner des conseils qui peut-être eussent été entendus.

« *Nous étions avides du bien d'autrui. La spoliation a eu son code* ».

Il est probable que l'auteur du discours veut ici parler de la confiscation. Ce principe, établi depuis bien des siècles dans la législation française (1), fut étendu pendant la ré-

(1) « Ceux qui sont condamnés à mort ou à d'autres

volution d'une manière vraiment déplorable. Les injustices des gouvernemens sont d'autant plus funestes qu'on ne peut les réparer sans commettre des injustices plus graves encore. Mais la confiscation a été abolie par la Charte, et c'est combattre des moulins à vent que de condamner des erreurs passées.

« *L'avarice nous dévorait; l'usure a été consacrée* ».

Les rois de France ont rendu des lois contre l'usure, et cependant le nombre des usuriers n'est point diminué. Les comédies de Molière, peinture fidèle du siècle de Louis XIV, prouvent que, dans ce temps, l'usure était encore plus commune que de nos jours où *l'intérêt conventionnel* est consacré par le Code (2). Quelle conséquence doit-on tirer de ce rapprochement, sinon que les lois manquent

---

peines qui emportent la mort civile, ne succèdent à personne :.... cette incapacité fait passer leurs biens entre les mains du Roi : c'est ce qu'on nomme *confiscation*. » (*Lois civiles de France*, par Domat, liv. IV, *des Successions*, art. 14; liv. 1er, *des Héritiers en général*, sect. II, art. 11.)

(2) *Code civil*, art. 1907.

d'influence quand elles n'ont pas l'opinion pour elles.

Des considérations d'économie politique ont motivé la loi sur le prêt à intérêt. M. le Premier Président connaît ces matières beaucoup mieux que nous.

« *La prodigalité a été permise, l'interdiction entravée : le mariage s'est vu convertir en un contrat de louage, et on a crié à l'intolérance lorsque des hommes sages ont voulu resserrer le premier nœud des humains. Enfin l'adoption est là pour relâcher les liens de famille, et légitimer le plus souvent les fruits de l'adultère et de l'inceste* ».

Quel est le but de ces récriminations ? est-ce de fermer nos blessures, de réparer le mal passé ? Le mariage n'a-t-il été le sujet d'aucun scandale sous l'ancien régime ? Aujourd'hui on l'accuse d'être *un contrat de louage*; mais avant la révolution n'a-t-il pas été la plupart du temps un contrat forcé, un engagement dans lequel une seule partie était consultée, et obtenait sur l'autre un empire absolu, sans que celle-ci pût faire autre chose que de courber une tête à regret obéissante ? On appelle le mariage de nos jours un contrat de louage, parce que la loi autorisait l'entière dissolution d'un lien mal assorti ; mais chez nos pères il était presque toujours un acte par lequel un homme recevait le droit d'exercer sur une femme un despotisme sans fin. Si chez nous l'intérêt faisait des unions malheureuses, et cela est arrivé plus rarement qu'autrefois, du moins il était permis aux parties de briser une chaîne devenue également insupportable pour toutes deux. Quelle différence y eut-il entre le mariage de nos jours et celui d'autrefois, sinon que l'un fut un bail à terme et l'autre un bail à perpétuité ?

Une autorité législative a aboli la loi du divorce : nous respectons ses motifs ; mais nous ne pouvons nous refuser à penser qu'une institution défendue et préconisée par les meilleurs esprits, Montesquieu à leur tête (1), établie par de savans et profonds jurisconsultes, doit avoir des côtés favorables, et la loi contraire de grands et terribles obstacles.

Nos lois anciennes consacraient une sorte d'adoption ; nos lois nouvelles ont étendu la

---

(1) « Le divorce a une grande utilité politique. » (MONTESQ., liv. XVI, ch. 15.)

faculté d'adopter. Si M. le Premier Président regarde comme un effet de la perversité morale le sentiment qui commande aux hommes d'assurer une existence civile aux fruits innocens de leurs erreurs, nous admirons cette rigueur qui punit l'enfant dans le sein de sa mère, mais notre cœur nous défend de l'imiter (1).

« *A cette maxime salutaire de l'ancienne philosophie :* Ne fais pas à autrui ce que tu ne veux pas qu'on te fasse , *le divin législateur avait ajouté ce précepte :* Fais à ton prochain ce que tu voudrais qu'il te fît. *Sera-ce à cette mesure divine que nous rapporterons la législation de nos derniers temps ?* »

L'auteur, dans ce paragraphe, a su réunir au stérile étalage d'une doctrine qu'il eût pu mieux employer, cette religieuse obscurité qui donne un caractère mystérieux aux ouvrages. Qu'a-t-il prétendu entendre par ce rapprochement d'une sublime parole de Jésus-

---

(2) « On adopte quelquefois un étranger, à condition qu'il portera le nom et les armes de celui qui lui donne ses biens. » (Ferrière, *Droit français comparé au Droit romain.*)

Christ avec la législation actuelle ? Son raisonnement est-il celui-ci ? Nos législateurs ont fait des lois immorales parce qu'ils voulaient être jugés d'après elles, et rompre tout frein encore opposé à leurs passions. Ce sont eux qu'ils ont prétendu servir en laissant un libre cours au débordement des vices. Cette inculpation est trop odieuse ; nous aimons mieux penser que nous n'avons pas compris.

« *Au nom de l'égalité, les rangs, les professions ont été confondus.* »

C'est comme si l'on disait : au nom de l'égalité tous les hommes ont été égaux. Mais cette idée est fausse : l'égalité ne nuit pas à l'échelle politique des pouvoirs et des rangs ; elle règle seulement les rangs selon le mérite et l'utilité.

« *Au nom de la liberté, tous les liens, même ceux du sang, ont été rompus.* »

Quelle est cette fureur de rappeler sans cesse les erreurs dans lesquelles un funeste système d'anarchie nous avait plongés ! La liberté est-elle coupable des crimes commis sous son nom ? Précipités alternativement du despotisme dans l'anarchie, de la démagogie dans le gouvernement militaire, avons-nous joui un seul moment de cette liberté essentiellement sage dans laquelle est placé la portion de bonheur échue à l'homme ? C'est aujourd'hui que, détrompés de tous les prestiges, en garde contre tous les excès dont nous avons été les victimes, il ne nous faut plus que suivre les leçons d'une expérience trop chèrement payée pour que nous en fassions le sacrifice. La Charte a déterminé les principes sur lesquels doit reposer la liberté publique : rallions-nous à ses généreuses maximes, et malgré les prédictions funestes de quelques prophètes de malheur, nous montrerons, en usant sagement des leçons du passé, que nous sommes dignes d'être libres.

« *Les vœux solennels ont été annulés : la vierge a pu quitter son voile, le prêtre laisser croître sa chevelure.* »

La suppression des monastères a été décidée, après qu'on a eu reconnu les graves abus de cette institution, dont le moindre défaut est de mettre l'homme en révolte avec la nature. Les réclamations des philosophes ont produit cette amélioration dans nos coutumes, et la pureté des mœurs publiques n'y a rien perdu.

Le mariage des prêtres était sans doute contraire aux sermens que ceux-ci avaient prêtés; mais cette violation semble trouver son excuse dans le malheur des circonstances. Il est des époques où l'homme est trop faible de sa nature pour résister à la violence, à la peur, à l'entraînement des passions.

Saint-Pierre disait à Jésus-Christ : « Seigneur, je suis prêt à mourir avec vous. —Vous me renierez trois fois avant que le coq ne chante, répondit Jésus. » Saint-Pierre, en effet, renia trois fois celui auquel il avait fait serment d'être fidèle, et Saint-Pierre obtint son pardon.

Les hommes seraient-ils moins miséricordieux que le Seigneur?

« *Il y aura un vengeur, disent les philosophes. Il sied bien de parler de Dieu à ceux qui n'y croient pas.* »

Depuis la révolution, les ennemis des idées libérales ont pris le parti de donner le nom d'*athées* à ceux qui n'étaient pas de leur opinion. Cette manie de prodiguer une odieuse qualification aux plus honnêtes gens est devenue une habitude constante; c'est une tactique de l'esprit de faction; d'un seul trait ils peignent les hommes d'une raison plus éclairée que la leur, comme des ennemis de Dieu que l'inquisition politique doit tôt ou tard frapper. Il y a deux cents ans, toutes les calomnies furent ainsi colorées du zèle pour la religion. Cela va aujourd'hui si loin, que j'ai vu un des plus ardens proxénètes des vieilles idées accuser J.-J. Rousseau d'athéisme, quoiqu'il soit si clair que ce philosophe était déiste fervent.

Un homme avait-il le talent nécessaire pour aspirer à une place, son compétiteur le peignait comme ennemi de Dieu, dangereux à la nature humaine : *athée.*

Celui-ci avait fait faire un pas à la science des mathématiques, et méritait le fauteuil de l'Institut : il avait soutenu, disait-on, que la terre avait plus de six mille ans : *athée.*

Un poëte avait osé louer Voltaire : c'était un écrivain abominable : *athée.*

Un professeur avait dit que Bossuet manquait quelquefois de goût : c'était la haine pour la religion qui le faisait parler ; d'ailleurs sa place valait 6000 francs : *athée.*

Nous ne finirions pas s'il fallait passer en revue toutes les qualités nécessaires pour exciter l'envie, pour faire mettre ceux qui les possèdent sur la liste des *athées*.

« *Quelle distinction peut-on faire entre les intérêts publics et privés ? Peut-on parler de l'utilité commune lorsque chacun ne cherche que ses convenances particulières, lorsque les progrès du désordre sont tels que les droits de la paternité même ne sont pas fixés ?* »

Voilà encore de ces généralités quis ont applicables à toutes les nations, à toutes les époques.

« *L'enfant est à celui-ci par la nature ; le mariage le donne à celui-là, et l'adoption le transmet à un troisième.* »

Ceci n'est qu'une répétition d'un paragraphe précédent. Au reste, si ces substitutions d'enfant d'un père à l'autre ne sont pas louables dans leurs rapports moraux, la construction de la phrase de M. le Premier Président pourrait nous offrir des moyens d'égayer la matière. Il est certain que cette idée eût fourni à nos vertueux aïeux matière à d'innombrables plaisanteries.

Les traditions nous apprennent que sous l'ancien régime ces interpositions d'enfans dans le mariage n'étaient pas rares. Tout le monde connaît ces vers.

Quelle joie, en effet, quelle douceur extrême......
De voir autour de soi croître dans sa maison,
Sous les paisibles lois d'une agréable mère,
De petits citoyens dont on croit être père.

BOILEAU, *Sat. X*.

Et cet autre de Molière :

Donnez-nous des enfans dont nous soyons les pères.

Les contes de la Fontaine, les œuvres de Villon, Saint-Gelais,

Aristote, Marot, Bocace, Rabelais,
Et tous ces vieux recueils de satires naïves,
Des malices du sexe immortelles archives,

BOILEAU.

fournissent assez de preuves qu'alors il arrivait souvent que l'enfant appartenant à l'un par la nature était donné à l'autre par le mariage. Ces malheurs attachés à l'état de mari ont plus souvent fait rire que pleurer, et nous sommes persuadés que M. le Président lui-même a égayé quelquefois sa gravité magistrale, en lisant les vieux contes de la reine de Navarre.

Quant à ce que M. le Président dit de l'adoption, nous avons trop haute opinion de ses lumières en jurisprudence pour croire qu'il soit nécessaire de lui rappeler que l'article 348 du code civil conserve au fils adopté tous ses droits, et même son séjour dans sa famille naturelle ; que l'article 349 continue au fils adopté l'obligation de fournir des alimens à son père naturel, et qu'ainsi il ne peut le regarder comme séparé de celui qui lui a donné le jour (1).

» *Des familles ont été dépouillées de leur*

---

(1) 348. « L'adopté restera dans sa famille naturelle, et y conservera tous ses droits : néanmoins le mariage est prohibé entre l'adoptant, l'adopté et ses descendans ;

» Entre les enfans adoptifs du même individu ;

» Entre l'adopté et les enfans qui pourraient survenir à l'adoptant ;

» Entre l'adopté et le conjoint de l'adoptant, et réciproquement entre l'adoptant et le conjoint de l'adopté. »

349. « L'obligation naturelle qui continuera d'exister entre l'adopté et ses père et mère, de se fournir des alimens dans les cas déterminés par la loi, sera considérée comme commune à l'adoptant et à l'adopté, l'un envers l'autre. »

héritage ; les biens ont passé entre les mains des fournisseurs des armées et des croupiers de jeux de hasard ».

Ce soin de faire naître de l'aigreur entre les acquéreurs de biens nationaux et les anciens propriétaires mérite des éloges. Il semble cependant qu'il serait temps de renoncer à ces reproches éternels condamnés par la Charte et réprouvés par l'opinion générale. Toutes les inquiétudes qu'on pourrait répandre seraient un malheur public ; car, on ne l'ignore pas, l'inexorable nécessité ordonne aux anciens propriétaires d'abandonner pour jamais leurs prétentions. Les biens nationaux sont devenus propriété inviolable, et ceux auxquels ils ont été transmis soit par héritage, soit par vente légale, ont pu et peuvent en disposer à leur volonté. Sans doute c'est un malheur, un très-grand malheur que l'institution des jeux de hasard dévore la substance des familles ; mais ces désastres sont peut-être irremédiables.

La vente des biens des émigrés fut une injustice immense ; mais notre histoire offre plus d'un exemple semblable (1). Le temps

(1) Un édit de Henri III, du 7 octobre 1578, con-

légalise les iniquités publiques, parce que, dans ces grands mouvemens qui renversent les fortunes, si l'injustice les fit passer dans la première main, la loi et les traités les transmettent à d'autres, et les derniers propriétaires deviennent possesseurs de bonne foi, possesseurs légitimes et inviolables. Comment qualifier des discours qui tendent à faire renaître des desirs qu'on ne peut satisfaire, et à faire fermenter des germes de discorde parmi des citoyens qui ne doivent plus vivre qu'en frères, réunis après de longues dissentions ?

« *Un temple s'élève à grands frais dans le plus brillant quartier de Paris : c'est le temple de Plutus, c'est la Bourse ! c'est là que notre génération fait sa profession de foi ; là est le dieu du siècle...* »

Quelle est l'époque où l'argent n'a pas été le dieu d'un grand nombre d'hommes ? Boileau nous apprend que, dans son temps,

---

fisquait les biens des Protestans et de leurs associés. MÉZERAI, *Abrégé de l'Hist. de France*, tom. III ; *Recueil des choses mémorables avenues en France sous le règne de Henri III.* Heden, 1603, pag. 620.

l'argent était tout et l'honneur rien. Cela était-il absolument vrai ? non. Cela l'est-il plus aujourdhui ? non. La satire permet quelque exagération ; mais la dignité du magistrat peut-elle s'allier avec la satire injuste ?

L'institution du palais de la Bourse est un monument utile : sans doute elle est sujette à des inconvéniens assez graves. La plus sage invention dégénère quelquefois de la pureté de son but quand elle ouvre la porte aux passions. La justice se trompe souvent dans ses décisions ; quelquefois elle absout le coupable et condamne l'innocent : en concluerons-nous que la justice soit mauvaise en elle-même ? Non, mais seulement que certains juges ont trop peu de lumières ou trop de passion.

« *Que de fautes, pour ne rien dire de plus, a fait commettre cette manie de s'envelopper des laines de l'Orient.* »

Les Spartiates avaient banni de leur répu-blique les productions d'un sol étranger. Cette loi, fondée par Lycurgue, pouvait convenir à une nation plus resserrée que la province la moins étendue de la France. Chez eux le droit de la guerre, droit affreux, mais trop souvent nécessaire, composait tout le code du droit des gens. Mais les nations modernes, détrompées de la folie des conquêtes, unies entre elles par des liens d'amitié, solidaires en quelque sorte de leur tranquillité respective, ne peuvent s'accommoder d'une telle législation; en rompant le pacte européen, elle déchaînerait encore tout le continent contre le peuple qui aurait la prétention de subjuguer les autres. Quelle est l'âme des relations amicales ? le commerce : cet échange pacifique de produits entre les peuples est la vie du corps social ; il divise les fortunes, il laisse aux citoyens des branches d'industrie fructueuses et nécessaires.

Les déclamations contre un luxe utile ne sont pas nouvelles ; Voltaire répondait ainsi aux auteurs de son temps qui voulaient réduire les nations modernes à la simplicité antique, sans faire acception des changemens intervenus dans les mœurs et dans l'organisation des sociétés.

Regrettera qui veut le bon vieux temps
Et l'âge d'or et le règne d'Astrée,
Et les beaux jours de Saturne et de Rhée,
Et le jardin de nos premiers parens :
Moi je rends grâces à la Nature sage,
Qui pour mon bien m'a fait naître en cet âge

Tant desiré par nos tristes frondeurs.
Ce temps profane est tout fait pour mes mœurs :
J'aime le luxe et même la mollesse.

. . . .

Oh ! le bon temps que ce siècle de fer !
Le superflu, chose très-nécessaire,
A réuni l'un et l'autre hémisphère.
Voyez-vous pas ces agiles vaisseaux
Qui du Texel, de Londres, de Bordeaux,
S'en vont chercher, par un heureux échange,
De nouveaux biens nés aux sources du Gange ;
Tandis qu'au loin, vainqueur des Musulmans,
Nos vins de France enivrent les sultans.

. . . .

Soit à Paris, soit dans Londres ou dans Rome,
Quel est le train des jours d'un honnête homme ?
Entrez chez lui : la foule des beaux arts,
Enfans du goût, se montre à vos regards.
De mille mains l'éclatante industrie
De ces dehors orna la symétrie ;
L'heureux pinceau, le superbe dessin
Du doux Corrège et du savant Poussin,
Sont encadrés dans l'or d'une bordure,
C'est Bouchardon qui fit cette figure,
Et cet argent fut poli par Germain.
Des Gobelins l'aiguille et la teinture
Dans ces tapis surpassent la peinture, etc

. . . .

Sachez surtout que le luxe enrichit
Un grand Etat s'il en perd un petit.

Cette splendeur, cette pompe mondaine
D'un règne heureux est la marque certaine.
Le riche est né pour beaucoup dépenser,
Le pauvre est fait pour beaucoup amasser.

. . . .

Le goût du luxe entre dans tous les rangs;
Le pauvre y vit des vanités des grands;
Et le travail, gagé par la mollesse,
S'ouvre à pas lents la route à la richesse.
J'entends d'ici les pédans à rabats,
Tristes censeurs des plaisirs qu'ils n'ont pas,
Qui, me citant Denys d'Halicarnasse,
Dion, Plutarque, et même un peu d'Horace,
Vont criaillant qu'un certain Curius,
Cincinnatus, et des consuls en *us*,
Bêchaient la terre au milieu des alarmes,
Qu'ils maniaient la charrue et les armes,
Et que les blés tenaient à grand honneur
D'être semés par la main d'un vainqueur.
—C'est fort bien dit, mes maîtres; je veux croire
Des vieux Romains la chimérique histoire;
Mais, dites-moi, si les dieux, par hasard,
Faisaient combattre Auteuil et Vaugirard,
Faudrait-il pas, au retour de la guerre,
Que le vainqueur vînt labourer la terre?
L'auguste Rome, avec tout son orgueil,
Rome jadis était ce qu'est Auteuil.
Quand ces enfans de Mars et de Sylvie
Pour quelque pré signalant leur furie
De leur village allaient au champ de Mars,

Ils arboraient du foin pour étendarts.

. . . .

Oh ! que Colbert était un esprit sage !
Certain butor conseillait, par ménage,
Qu'on abolît ces travaux précieux
Des Lyonnais ouvrage industrieux.
Du conseiller l'absurde prud'hommie
Eût tout perdu par pure économie ;
Mais le ministre, utile avec éclat,
Sut par le luxe enrichir notre Etat... etc.

« Comme par la constitution des monarchies les richesses y sont inégalement partagées, il faut bien qu'il y ait du luxe. Si les riches n'y dépensent pas beaucoup, les pauvres mourront de faim. » (MONTESQUIEU, liv. VII, chap. 4.)

« *Heureusement*, poursuit M. Séguier, *nous avons notre Roi ; nous avons les descendans de Saint Louis ; nous avons la fille et les neveux de celui qui, dans le ciel, implore notre salut, et dont les prières ardentes portent déjà tant de fruits.* »

Voilà du moins des pensées que l'on ne peut que louer, et qui doivent être celles de tous les Français ; mais l'orateur se contredit étrangement quand il dit, d'un côté, que les mœurs sont réduites au dernier degré de corruption, et de l'autre, que les prières de Louis XVI portent déjà tant de fruits.

« *Que la femme qui a quitté son époux, avec qui elle ne devait faire qu'une seule chair, le rejoigne, et que celui-ci la reprenne. Que le ministre des autels qui a quitté ses fonctions n'outrage plus la religion par un costume mondain; qu'il se frappe la poitrine, et sa pénitence dans ce monde sera plus méritoire pour l'autre.* »

Ici l'orateur, se laissant entraîner par un zèle trop ardent, ne voit pas qu'il demande des améliorations impossibles. C'est à cette occasion qu'il faut rappeler ce principe conservateur de la foi jurée, ce principe sans lequel les traités les plus saints seraient rompus au gré des passions humaines : *la loi n'a point d'effet rétroactif*. Ne voit-on pas que ce retour du mari divorcé avec sa femme serait sujet aux plus graves inconvéniens ? Que deviendraient d'un côté le nouvel époux de l'une et la nouvelle épouse de l'autre, qui tous deux ont scellé leur contrat de bonne-foi, sous la sauve-garde des lois ? Quelle serait surtout l'existence civile des enfans nés de ces mariages ? En laissant les choses dans l'état actuel, tous les enfans, nés soit du mariage rompu, soit du lien contracté après sa dissolution, conservent leur légitimité garantie par la loi ; mais en voulant réaliser l'amélioration prétendue, on enlèverait à deux mariages leur caractère légal ; on priverait de leur héritage des enfans légitimement élevés, et dont le malheur serait d'autant plus affreux, qu'ils seraient moins familiarisés avec cette nouvelle et déplorable situation.

Quant aux prêtres qu'un moment d'égarement a jetés dans un état que la loi de l'Église catholique leur avait interdit, le devoir leur commande de rester fidèles aux nouveaux nœuds qu'ils ont contractés. S'ils retournaient dans leurs anciennes fonctions, qui assurerait la subsistance de leurs femmes, d'enfans innocens de leur faute ? De quel front oseraient-il adresser leurs prières à Dieu, quand leur âme serait déchirée par le souvenir d'une famille réduite à l'indigence, d'une femme sans ressource, sans honneur, d'enfans sans titre civil et sans pain ? Le Dieu de bonté qu'ils outragèrent exigerait-il d'eux cet intolérable sacrifice ? Non. Leur erreur fut grande, mais s'ils abandonnaient les fruits de leur hymen, ils commettraient un crime immense. Qu'ils suivent leur nouvelle carrière ; au lieu de quitter leur famille pour se livrer à une pénitence stérile et coupable, qu'ils l'élèvent dans la chasteté, dans la crainte de Dieu, dans l'amour de la patrie ; leur grâce est désormais placée dans cette sanctification. S'ils sont bons citoyens, bons pères, la miséricorde de celui qui pardonna à la femme adultère est trop vaste, sa justice est trop clémente, pour que le pardon leur soit inhumainement refusé.

« *Qu'on ne vende plus à la porte des écoles, sous les noms de* physiologie, *et avec la recommandation de sociétés savantes, des traités de matérialisme.*

Dans la tâche passablement dégoûtante que nous avons entreprise, nous serons du moins soutenus par de nombreux partisans qui applaudiront nécessairement à notre travail. En effet, voyez avec quelle sainte brutalité M. le Premier Président attaque la société tout entière ! Le véritable moyen de n'avoir personne dans son parti, c'est d'attaquer tout le monde. Les femmes qu'il accuse d'être endurcies à la honte, les hommes qui, selon lui, n'ont d'autre dieu que la bourse, les rangs élevés qui, sous l'ancien régime, étaient, d'après son raisonnement, attaqués du *typhus moral* (1); le peuple aujourd'hui compris dans le nombre des pestiférés; toutes les classes trouvent dans son discours l'objet de la plus mordante satire; maintenant ce sont les savans qu'il attaque; les philosophes avaient été accusés d'athéisme; les sociétés savantes sont toutes composées de matérialistes. Ces doctes et respectables membres dont la vie s'est usée dans l'étude de la nature humaine, qui ont surmonté tous les dégoûts pour soulager les maux attachés à notre chancelante humanité, se trouvent transformés en empoisonneurs de la jeunesse, en propagateurs de ces principes désolans qui dessèchent l'âme et la corrompent: car, autoriser le mal, c'est le faire.

Nous laissons aux compagnies médicales le soin de répondre aux attaques dont leurs sciences sont l'objet: elles le feront bien mieux que nous. La plupart ont recueilli de leurs travaux une piété éclairée, une religion sans préjugés. Leur meilleure justification est dans

---

(1) *Voyez* page 15.

leur cœur ; lui seul suffit pour leur inspirer une victorieuse et facile réponse. Nous nous contenterons d'observer qu'il est écrit : *non est culpanda scientia, aut quælibet simplex rei notitia, quæ bona est in se considerata, et a Deo ordinata* (1). « Il ne faut point faire le procès de la science, il ne faut pas même condamner les connaissances les moins importantes ; elles sont bonnes en elles-mêmes et nous viennent de Dieu. » Il est à croire que M. le Président ne récusera point cette autorité.

« *Qu'on ne fasse plus des jeunes élèves des fédérés pour la rebellion.* »

Encore d'inutiles ressouvenirs. Eh ! M. le Président, pardonnez les faiblesses humaines, les erreurs politiques; surtout n'oubliez pas cette maxime de notre divin maître, que vous répétiez tout à l'heure avec tant d'emphase : *Fais à ton prochain ce que tu voudrais qu'il te fît.*

« *Nous déclarons hautement notre soumission à la Charte ; mais tout ce qu'elle n'a pas établi ou modifié semble devoir se décider selon les vieilles lois.* »

On voudrait pouvoir croire à la sincérité

---

(1) *Imitatio J. Christi*, ch. 3 et 4.

de cette déclaration d'attachement à la Charte; mais par quelle bizarrerie l'auteur du discours met-il, justement à côté de cette profession de foi, l'expression d'un desir qui provoque la violation de cette Charte? La constitution royale dit formellement, art. 68, que tout ce qui n'est pas contraire à la Charte doit être réglé selon les lois existantes; or, vouloir que ces cas soient réglés selon les vieilles lois, c'est émettre un vœu contraire à ses dispositions.

« *Si les empereurs romains ont été la honte et le scandale de leur siècle, le Monarque qui nous gouverne est l'exemple de tous les souverains. La douceur de ses paroles s'allie avec la vivacité de son esprit; l'expérience des hommes n'a jamais altéré la bonté de son âme; sa vocation à faire le bonheur de son peuple a pu seule le ramener deux fois sur le trône, et la tranquillité de l'Europe sera désormais l'ouvrage de sa haute prudence. Rallions-nous donc autour du Roi et de ses légitimes successeurs. Si nous avions un choix à faire* (*ce qui serait un nouveau crime*), *où pourrions-nous le trouver ailleurs que dans ce groupe si serré des fils de France qui environnent l'héritier de Saint Louis?* »

Ce portrait de notre Roi est au-dessus des éloges : la douceur du style contraste singulièrement avec la dureté, la sécheresse prétentieuse des autres parties de ce discours : on croirait qu'il a été composé par deux auteurs différens. Nous n'avons pas cependant une telle idée. Quand nous lisons l'éloge d'un roi, nous ne nous étonnons pas de voir au-dessous le nom de M. Séguier : ce magistrat a prouvé, dans toutes les circonstances, que personne ne savait mieux prodiguer la louange. Aujourd'hui, du moins, il est d'accord avec tous les Français, et ces dernières lignes suffisent pour lui concilier l'indulgence de ceux que les précédentes ont justement étonnés.

« *Ouvrons l'histoire, relisons les beaux surnoms dont nos ancêtres ont décoré la longue série de nos rois, et nous serons convaincus que nous ne trouverons nulle part autant de causes de sécurité et de motifs d'espérance que dans la noble famille de Saint Louis. Quand l'héritier de tant de vertus occupe le trône, le salut de la patrie ne pourrait être désespéré.* »

Toute cette fin est juste et belle : il semble seulement étrange qu'après avoir peint la

France plongée dans le dernier degré d'avilissement et sur le penchant de sa ruine, on finisse par dire qu'il n'y a rien de désespéré. Ce discours ne ressemble pas mal à ces sermons où le prédicateur, après avoir libéralement précipité tous ses auditeurs dans l'enfer, après leur avoir peint les tourmens éternels réservés aux coupables, finit par le protocole ordinaire : *et vous jouirez dans le ciel, de l'éternelle félicité des justes, etc.*

Nous avons suivi pas à pas M. Séguier dans son discours. Nous avons prouvé que, presque par-tout, ses accusations étaiens fausses ou vagues, et qu'il avait tiré de son imagination l'odieux tableau qu'il a présenté de toutes les classes de la société en France. Convaincu sur tous les points, on voit qu'il s'est laissé entraîner par ce penchant naturel de l'homme, à prendre le rôle de censeur, profession par laquelle celui qui l'exerce semble se montrer supérieur aux faiblesses humaines. L'auteur n'a pas réfléchi que s'il était du devoir d'un magistrat suprême d'encourager les bonnes mœurs, des invectives peu mesurées étaient inconvenantes dans sa bouche.

En mettant de côté cette espèce de supériorité qu'un rôle de censeur semble donner à celui qui le remplit, M. le Premier Président a-t-il oublié que la manie de rabaisser était peu honorable, que les Ecritures qu'il aime tant à citer, la condamnent formellement.

Cogitatio stulti peccatum est, dit le sage, *et abominatio hominum detractor* (1).

La pensée du mal est un péché; un détracteur des hommes mérite d'être maudit.

Remove à te os pravum, et detrahentia labia sint procul à te (2).

Éloignez de vous une bouche méchante; éloignez des lèvres qui profèrent des paroles propres à rabaisser les autres.

Non eris criminator, dit Moïse (3).

Tu ne te plairas pas à accuser.

Inexcusabilis es, ô homo qui judicas; in quo enim judicas alterum, teipsum condamnas, eadem enim agis quæ judicas (4).

Tu es inexcusable, ô homme qui te plais à censurer, car tu te condamnes toi-même

---

(1) *Livre des Proverbes*, chap. 24, v. 9.

(2) *Ibid.*, ch. 4, v. 24.

(3) *Lévitique*, chap. 19, v. 16.

(4) *Epit. de S. Paul aux Romains*, chap. 11, v. 1.

dans les jugemens que tu portes; tu censures ta propre conduite.

Qui alium doces, teipsum non doces (1).

Tu instruis les autres et tu ne t'instruis pas toi-même.

Après ces citations, qui tendent à prouver que le fameux proverbe de la sagesse antique, *connais-toi toi-même*, est plus utile à celui qui s'érige en censeur qu'à tout autre citoyen, nous ne pouvons mieux terminer ces rapides observations qu'en rapportant les réflexions sages et profondes que le discours de M. le baron Séguier a fait naître, et qui ont été recueillies dans un des journaux les plus estimés de la capitale (2). Ce morceau est trop beau pour qu'il ait besoin de nos éloges; il résumera très-heureusement ce que nous avons cru devoir dire dans le courant de cet écrit.

« Tout citoyen doit respecter l'honneur national; mais cette obligation devient un devoir religieux pour l'homme que l'émi-

---

(1) *Epit. de S. Paul aux Romains*, chap. 11, v. 21.

(2) *Le Constitutionnel.*

nence de ses dignités et de sa place appelle à servir d'exemple aux autres. C'est donc avec une affliction mêlée de surprise que nous avons vu l'un des premiers fonctionnaires publics s'exprimer avec si peu de ménagement sur une nation dont naguères il vantait la gloire, et qui n'a mérité de perdre l'estime de personne. A entendre ce censeur inexorable, nous serions la nation la plus corrompue de l'Europe; il n'y aurait plus de mœurs chez nous, plus de mariage, plus d'enfans légitimes. Mais où sont les signes de cette profonde et incurable corruption? Nous ne les voyons nulle part.

« Grâces à l'autorité d'un de nos plus éloquens écrivains, les mères remplissent presque toutes le premier et le plus sacré de leurs devoirs, celui d'allaiter leurs enfans. De cet utile changement dans nos mœurs sont résultés plusieurs avantages physiques et moraux; la race des hommes est plus belle et plus vigoureuse qu'autrefois, et les liens de famille plus forts et plus doux; les enfans ne sont plus étrangers à leurs parens depuis le moment de leur naissance jusqu'à la fin de leur éducation; nourris dans la maison paternelle, ils y prennent le plus tendre attachement pour les auteurs de leurs jours. Jadis on croyait avoir tout fait en envoyant son fils au collège; on le livrait absolument à des mains étrangères. Maintenant on instruit ses enfans soi-même lorsqu'on le peut, ou du moins on surveille avec le plus grand zèle leurs études, et surtout on n'abandonne exclusivement à personne le soin de leur éducation morale ; maintenant enfin les pères ne négligent rien pour devenir les vrais amis de leurs enfans. Tel est le spectacle intéressant que présentent la plupart des familles. L'émulation de tendresse et de bon sens est telle maintenant à cet égard parmi nous, que l'artisan lui-même se prive du nécessaire pour procurer de l'instruction à ses enfans ; aussi, malgré les déclamations irréfléchies, il croît sous nos yeux une race d'hommes courageux, éclairés, capables de la liberté, et dignes de soutenir un jour la gloire nationale. Voilà ce que l'observateur verra en France quand il voudra se donner la peine de regarder l'intérieur des familles.

» Tout ce que nous venons de dire suffirait pour répondre à notre rigide accusateur.

En effet, là où les pères vivent avec leurs enfans, le mariage est plus respecté et plus heureux qu'ailleurs. Les enfans interposés entre les époux, resserrent chaque jour le nœud conjugal ; ils remplissent la maison paternelle, et en font un séjour vivant et animé au lieu d'une triste solitude. Que le citoyen qui déplore si amèrement la ruine prétendue de l'union conjugale en France, se rappelle le spectacle de la société au moment de son entrée dans le monde, et il avouera que s'il existe encore des époux qui oublient leurs devoirs mutuels, le mariage est loin de l'état de mépris, de dérision, de relâchement avoué et public dans lequel nos pères l'avaient vu tomber. Non, la sainte institution du mariage n'est pas détruite chez nous ; non, une race adultère n'a point usurpé la place et les droits des enfans légitimes.

« Quant à nos mœurs en général, nous n'abuserons pas des avantages que nous donne sur l'orateur l'exagération de ses censures ; mais nous ne consentirons pas avec lui à de lâches transactions. A qui persuadera-t-il que le sexe même a le *courage de supporter la honte, ou plutôt qu'il ne sait plus rougir ?*

Les femmes sont plus mères qu'autrefois ; cette réponse dit de la manière la plus énergique qu'elles ont à un plus haut degré les vertus et le charme de leur sexe. Que si le censeur trop sévère qui les accuse veut parler de celles qui ont abusé de la loi du divorce dans un moment de licence et de révolution, nous lui rappellerons le scandale des demandes en séparation sous l'ancien régime. Ah ! quand les femmes françaises en général mériteraient les reproches cruels qu'on leur adresse sous le rapport des mœurs, peut-être la raison aurait encore conseillé à la justice de les traiter avec plus de ménagement. Les femmes françaises, depuis vingt-cinq ans, ont été sublimes de courage, de dévouement, de mépris pour la mort ; elles ont égalé les femmes de l'antiquité ; elles ont honoré à jamais leur sexe ; elles ont donné des exemples d'héroïsme que leurs fils n'ont pas surpassés peut-être sur les champs de bataille. Mais, grâces à Dieu, les épouses et les mères des Français n'ont pas besoin de cette magnifique excuse.

« *Autrefois*, dit l'orateur que nous combattons à regret, *la grande distance entre les rangs était comme un cordon préservatif de la peste ; mais aujourd'hui l'égalité politique a exposé toutes les classes aux mêmes ravages. Le typhus moral est d'autant plus dangereux qu'il est dans les rangs les plus épais de la nation.*

« Nous ne voulons pas déduire toutes les conséquences d'un tel aveu, et soulever le voile léger qui couvre la classe que l'auteur d'uue si vive mercuriale indique comme atteinte de la peste morale ; nous ne voulons pas relever l'inconvenance qu'il y a à emprunter le nom d'une affreuse et incurable maladie pour donner à l'Europe attentive et étonnée l'idée de notre corruption prétendue ; mais nous dirons : Il n'y a point de cordon pour empêcher la communication des maladies morales ; toute l'histoire dépose de cette vérité. On ne voit plus de scandales éclatans, et les mœurs publiques se ressentent de l'absence de cette cause de corruption contre laquelle Massillon a parlé avec tant d'éloquence. Chose remarquable ! avec des mœurs plus fortes et plus énergiques, il y a plus de pudeur parmi nous qu'autrefois. On a des vices, mais on n'en fait pas trophée ; et sans être hypocrite, on ne croit pas du bon ton d'étaler en public son immoralité.

« Si le sujet n'était pas ausi grave, si nous ne voulions garder tous les ménagemens de la déférence dus à l'auteur du discours, nous pourions remarquer, avec quelque surprise, ses apostrophes contre un luxe utile qui honore et enrichit une nation; ses déclamations contre un monument nécessaire, surtout contre des sciences qui, après tout, viennent de Dieu, et ont été données à l'homme pour l'aider à s'élever au-dessus de ce monde mortel. Mais nous ne sommes pas dirigés ici par le vain plaisir d'une critique minutieuse; nous n'avons voulu que défendre l'honneur national. Satisfaits d'avoir rempli un devoir sacré, et craignant que les argumens de la raison ne manquent d'autorité dans la bouche de citoyens obscurs, nous terminerons en citant, à l'orateur, deux exemples qu'il ne récusera pas sans doute.

« Si la nation française ressemblait au portrait que l'on a fait d'elle, un sage monarque n'aurait pas quitté la paix de son exil pour venir gouverner des sujets incapables d'obéir à des lois généreuses. Au lieu de nous apporter, avec la Charte, le présent de la liberté, il nous aurait abandonnés à notre perversité; on ne l'aurait pas entendu, du haut du trône, parler avec orgueil de notre gloire et de nos triomphes, et s'unir à nos destinées.

« Si la nation française avait été dans cet état d'avilissement et de corruption, signe infaillible de la dissolution des empires, l'Europe entière ne se serait pas soulevée contre nous; nous n'eussions pas valu la peine d'un si grand effort. l'Europe, jalouse de nos succès, indignée de se voir soumise, a pris les armes; mais dans la plus violente explosion de sa haine, jamais elle n'a proféré un mot de mépris contre les Français. La conjuration de tous les peuples contre un seul peuple était même une preuve de la haute opinion qu'on avait conçue de lui. Aujourd'hui que la fortune et la victoire ont été infidèles à nos drapeaux, l'Europe victorieuse honore en nous une nation qui porte avec constance et dignité le poids de ses malheurs, et qui se retrempe dans le sein de la liberté, qui est la première de toutes les gloires ».

FIN.

www.ingramcontent.com/pod-product-compliance
Ingram Content Group UK Ltd.
Pitfield, Milton Keynes, MK11 3LW, UK
UKHW022126260726
13993UKWH00003B/1250

9 782329 159577